AF319164

ORAISON FUNÈBRE

DE

S. A. R. MGR LE DUC DE BERRI.

———

PAR M. L'ABBÉ D*******.

IMPRIMERIE DE J. G. DENTU.

ORAISON FUNÈBRE *

DE

S. A. R. Mᴳᴿ LE DUC DE BERRI.

———

Rex lugebit, princeps induetur mærore, et manus populi terræ conturbabuntur. (Ez., 7, 27.)

MESSEIGNEURS ET MESSIEURS,

Est-ce pour l'infidèle Juda, est-ce pour notre malheureuse France que la voix d'Ézéchiel a fait entendre cette lamentable prophétie? Il est donc vrai que les grandes calamités

---

* Le 22 mars 1820, le comité d'administration générale, et les commissaires honoraires de l'Association paternelle des chevaliers de Saint-Louis s'étant réunis dans le lieu ordinaire de leurs séances, après la messe solennelle célébrée par

des peuples ont entr'elles une ressemblance frappante ! Hélas ! nous l'éprouvons aujourd'hui, et cette triste prédiction ne se trouve que trop vérifiée dans toute son étendue, par la mort à jamais déplorable de très-haut, très-excellent et très puissant prince CHARLES-FERDINAND D'ARTOIS, DUC DE BERRI, Fils de France; oui, un Roi, et un grand Roi, en a versé des pleurs, *rex lugebit ;* un Prince, un père s'est revêtu de sa douleur, comme d'un vêtement lugubre, *princeps induetur mœrore,* les mains sont tombées à tout un peuple, d'abattement et d'effroi, *et manus populi terræ conturbabuntur.*

Et telle est la douleur profonde qui déchire en ce moment tous les cœurs, qu'on oublie

---

Mgr. l'évêque d'Amiens, pour le repos de l'âme de S. A. R. Mgr. le duc de Berri, président suprême de l'association, M. l'abbé D****** a été invité à donner lecture de l'Oraison funèbre qu'il avait composée, d'après le vœu du comité, pour cette douloureuse cérémonie, et qui n'avait pu être prononcée à l'église, conformément à la lettre du Roi aux évêques du royaume.

Le comité, vivement touché de l'éloquent discours de cet orateur chrétien, en a ordonné l'impression, pour être distribué à chacun de ses membres, à ses commissaires honoraires, et à ses comités de départemens et d'arrondissemens.

même ce que cet évènement renferme de leçons frappantes sur la fragilité des choses hu-
maines ; et cette mort si imprévue et si rapide,
et ce théâtre du plaisir changé en maison de
deuil ; et ces illusions de la jeunesse, de la
santé, de la gloire, du bonheur, des espérances, si promptement et si cruellement dissi-
pées ; et ce Prince, le plus jeune de la famille
royale, frappé avant tous les autres...... Ah !
n'est-ce pas ici qu'il faudrait s'écrier avec l'im-
mortel Bossuet : « Non, après ce que nous ve-
« nons de voir, la vie n'est qu'un songe, la
« gloire n'est qu'une apparence, les plaisirs ne
« sont qu'un dangereux amusement *. »

Mais non, Messieurs, ces pensées com-
munes à tous les grands accidens de la vie,
font place aujourd'hui à des réflexions bien
autrement importantes, à des retours bien plus
profonds sur nous-mêmes. La mort du Prince
que nous pleurons n'est pas seulement une
grande infortune particulière, elle est une ca-
lamité commune à tous les Français. Oui, le
même coup qui l'a frappé, nous a tous frappés au cœur ; et cet illustre auditoire ne me
paraît, en ce moment, qu'une grande famille

---

* Boss., Or. fun. de Madame Henriette de France.

qui pleure sur la mort d'un père, d'un frère, d'un ami ; qu'une famille chrétienne qui, dans cette grande tribulation, lève les yeux au ciel, et ne veut puiser que dans son sein des lumières pour comprendre cette perte cruelle, et des forces pour la soutenir. Prenons-le donc en main, ce flambeau salutaire de la foi, et voyons d'abord ce que nous avons perdu à cette mort sous les coups de l'impiété ; ensuite ce que notre Prince y a gagné entre les bras de la religion.

PREMIÈRE PARTIE.

Dieu, qui rapporte tous ses desseins à l'affermissement de la religion et au maintien de la foi dans le cœur des hommes, Dieu permet quelquefois de ces évènemens imprévus et terribles, qui, rompant en apparence les liens de l'ordre et de l'harmonie universelle, pourraient aller dans ce siècle aveugle et impie, jusqu'à faire douter de sa providence et de sa justice. Tel est, Messieurs, le cruel malheur que nous déplorons, et cette funeste mort a quelque chose de si déchirant dans ses circonstances, de si odieux dans ses causes, qu'il se trouverait peut-être de ces chrétiens ébranlés dont la foi chancelle, et qui craignent de s'entendre demander par l'impie : Où est donc votre Dieu? *Ubi est Deus tuus?*

Et cependant, Messieurs, combien les plaintes et les murmures seraient ici injustes! car si, d'une part, le Seigneur est assez riche dans ses trésors pour dédommager l'auguste victime des biens qui lui ont été ravis, combien ne nous montre-t-il pas, de l'autre, jusqu'à quels coupables excès l'impiété peut se porter, et l'horreur profonde que nous devons en avoir, par l'immensité même de ces biens et des espérances qu'elle nous enlève.

D'abord, Messieurs, quel Prince nous avons perdu! Ah! vous me dispenserez sans doute d'arrêter vos regards sur son illustre naissance. Rien n'est plus doux, je le sais, pour un Français, que de remonter par cette longue suite de bons, de vaillans et de saints monarques, bien au-delà de ce modèle des Rois, l'incomparable saint Louis; d'admirer cet arbre antique, qui depuis tant de siècles étend sur la France ses rameaux protecteurs, chargés d'innombrables trophées; et qui, malgré de longs et de violens orages, couvre encore de son ombre la moitié de l'Europe chrétienne... Mais, qu'il me soit permis de le dire, j'admire plus encore ce je ne sais quoi d'achevé que la mauvaise fortune ajoute à de si grands noms ; et malgré toutes les magnificences de la noble famille des Bourbons, malgré l'éclat de ses victoires, la grandeur de ses ouvrages et la pompe de ses souvenirs, toute la gloire de ses prospérités s'efface et disparaît devant la gloire de ses malheurs. Non, jamais, ô saint Roi ! vos enfans n'ont été plus grands, plus dignes de vous qu'au milieu de leurs ineffables douleurs ! Quelle constance dans ces augustes victimes immolées l'une sur l'autre par la fureur, ou s'immolant elles-mêmes tous les jours au salut de leur peuple, ou aux ordres sévères de la Providence ! quelle foi dans ce monarque très-chrétien, qui, rentrant dans sa capitale après vingt-quatre années d'épreuves, aux acclamations de tout un peuple, avant de se livrer au plaisir si doux de revoir le palais de ses pères, va, suivi de sa religieuse famille, au temple de la Reine du ciel, lui consacre ses sujets et son cœur, prend humblement à ses pieds la couronne, et reconnaît qu'il ne la tient que des bontés du Seigneur ! Quelle clémence surtout si fort au-dessus de l'homme qu'elle ne peut être comprise dans toute son étendue que par le cœur d'un Bourbon ! clémence qui leur est si naturelle qu'elle se peint dans tous leurs traits, respire dans toutes leurs paroles; domine dans toutes leurs actions; et c'est lorsque les souvenirs les plus déchirans les entourent, au centre de cette capitale... dans l'enceinte même de ce palais... non loin de de ces funestes lieux... Mais non, il ne nous appartient pas de rappeler ce que leur cœur paternel oublie. Cher et généreux Prince, hélas! aussi vous l'aviez oublié.

Enfant de tant de Rois, digne héritier de tant de vertus, Mgr. le duc de Berri, à tous ces avantages, en réunissait une foule d'autres qui lui étaient personnels. Ah! c'est ici, Messieurs, je dois l'avouer, que je sens plus vivement que jamais le poids de l'honorable tâche qui m'a été imposée. Oui, sans doute, pour vous mettre sous les yeux ses brillantes et solides qualités, il eût fallu vous interroger tous, et vous, témoins fidèles de sa première enfance, qui découvrîtes tant de fois dans les vives saillies du jeune âge les premiers traits de cette grande âme que nous lui avons connue; et vous, nobles compagnons de ses premières armes, qui frémîtes si souvent des dangers où l'emportait sa bouillante audace; et vous qui, dans les douceurs d'une familiarité où

il daignait vous admettre, admiriez en lui cette
bonté franche, ce jugement sain, ce goût ex-
quis, ces connaissances variées, cette affabilité
gracieuse, ces paroles qui viennent du cœur,
et qui semblent la langue naturelle des Bourbons... il m'eût fallu entrer dans les rangs de ces
guerriers qui l'honoraient comme leur chef, l'ai-
maient comme leur père, et pleurent maintenant
sur un Prince, l'honneur de la chevalerie fran-
çaise, victime d'un noir attentat ; il m'eût fallu
descendre dans la foule de ce peuple, si franc
dans son amour pour les Princes, si libre dans
sa manière de l'exprimer ; recueillir de toutes
les bouches ces simples et touchans éloges où
la flatterie n'a aucune part...; ou plutôt c'était
à vous, tendre et vénérable pontife *, à nous
faire entendre votre voix touchante ; vous qui
aviez le bonheur de voir et d'étudier de si près
ce Prince magnanime ; vous qui versez tous les
jours les douces consolations de la foi dans le
cœur de notre inconsolable Princesse, et qui
allez offrir pour l'un et pour l'autre, avec la
victime du salut, les vœux de ces guerriers qui
partagent votre foi comme vous avez partagé

---

* Mgr. l'évêque d'Amiens, premier aumônier de madame
la duchesse de Berri.

leur gloire.... Que de ressources vous ont été enlevées, Messieurs ! Mais, après tout, que pourrait-on vous dire que vous ne sachiez mieux encore ? Et le concert unanime de louanges, de pleurs et de regrets qui part de tous les points de la France, n'est-il pas au-dessus de tous les panégyriques et de tous les éloges ?

Ceux qui gardaient un perfide silence sur les nobles inclinations et les innombrables bienfaits d'un Prince que sa mort seule a fait connaître tout entier; ceux-là aimeront sans doute aujourd'hui à faire remarquer les ombres qui ont pu se mêler à tant de belles qualités.... Et des hommes qui ont perdu tout droit de parler de la vertu, ne voudront point pardonner quelques faiblesses à celui qui pardonna tant de crimes.... Laissons-leur cette méprisable ressource pour les consoler un peu de tant de gloire et d'héroïsme. Pour nous, quoique nous sachions, comme eux, qu'élevé dans le tumulte des camps, nourri au milieu des armes, une imagination vive, une sensibilité ardente qu'il n'a pas toujours réprimée, le feu des passions, la fougue de l'âge ont dû entraîner plusieurs fois le petit-fils du grand Henri, nous n'aurons pas le triste courage de relever des fautes que son repentir a si noblement expiées, et qui sont couvertes par tant de qualités et de si belles vertus.

Je vous le demande, en effet, Messieurs, fut-il un cœur plus ferme, plus généreux, plus tendre dans ses affections privées, plus noble dans ses affections publiques ? Quel amour pour son Roi ! Quel amour pour sa patrie ! Le cœur se serre aujourd'hui au souvenir de ces vives émotions qu'il éprouvait en revoyant enfin le sol de la France, de la joie qui brillait dans ses yeux, de la noble confiance de son cœur. Et ce jour, ce jour d'éternelle mémoire (nous l'avons vu de nos yeux), où, après nos longs orages, réuni enfin à un frère chéri, au centre de cette capitale, au palais de nos Rois, tous deux se précipitant aux bras d'un père, et l'entraînant dans ceux-mêmes du Monarque, tous, sous les yeux d'un peuple immense, ivre d'amour et de joie, se tenaient attachés, pressés sur le cœur les uns des autres, et confondaient tous ensemble leurs embrassemens, leurs larmes et leur bonheur..... Hélas ! Prince infortuné, aux jours de vos douleurs, tous les trois encore vous les avez serrés dans vos bras ; mais alors vous les avez teints de votre sang !

Quel sentiment délicat de l'honneur dans

ce cœur magnanime ! Ah ! Messieurs, il vous en a donné une éclatante preuve, en se déclarant le protecteur de cette association véritablement paternelle, formée en faveur de ces jeunes enfans si chers à son cœur, ces enfans, victimes de l'infortune et de la fidélité de leurs pères... Oui, le petit-fils de Henri IV, le descendant de saint Louis était digne de se montrer à la tête de ce corps illustre, de ces nobles et généreux chevaliers à qui le malheur des temps a pu faire tout perdre, hors l'honneur et la foi.

Combien tant de vertus, Messieurs, nous promettaient de prospérités et de bonheurs. Guerriers, il vous eût précédés aux combats, et, comme celui de Henri, son blanc panache vous eût guidés au chemin de la gloire. Magistrats, il aurait soutenu ce dévoûment généreux et ce noble zèle qui vous anime pour le maintien des loix et de l'autorité. Savans, il eût encouragé vos efforts, applaudi à vos succès, protégé les beaux arts, favorisé l'industrie!... Et vous, Religion sainte ; vous qui, dans ce cœur plein de foi, jetâtes, à ses derniers instans, de si vives étincelles, ah ! vous eussiez fleuri à l'ombre de son nom et de sa protection auguste !.... Et tandis qu'au milieu des ruines dont nous sommes encore entourés, les mains royales s'occupent à creuser de nouveau les fondemens du temple de la Religion, à rassembler les pierres dispersées du sanctuaire, à préparer le sol sur lequel doit reposer l'auguste édifice ; peut-être que, comme un autre Néhémie, dans des temps plus heureux , il eût rendu la splendeur à la religion de ses pères, au culte sa majesté sainte, leur dignité aux pontifes , leur vigueur aux ordonnances de l'Eglise, à nos fêtes leur antique solennité.

Hélas ! tant d'espérances sont descendues dans la tombe !.... Mon Dieu, je ne suis que cendre et que poussière.... mais pardonnez à l'excès de ma douleur..... Je vous parlerai, comme le saint homme Job, dans l'amertume de mon âme : *Loquar in amaritudine animæ meæ.* Pourquoi des jugemens si sévères ? *Indica mihi cur ita judicer ?* Hélas ! Seigneur, mon Dieu, auriez-vous donc trompé ce peuple à qui vous annonciez la paix, et voilà que le glaive à pénétré jusqu'au cœur... *Heu ! heu ! heu ! Domine Deus ! ergo ne decepisti populum istum dicens, pax erit vobis ; et ecce pervenit gladius usque ad animam....* (Jer., 4, 10.)

Fils de l'homme, me répond le Seigneur,

tu pleures sur de grands maux, et j'excuse tes plaintes; mais est-ce donc moi qu'il faut accuser dés malheurs de mon peuple? Et c'est moi, au contraire, qui en demande compte à l'impiété, mon ennemie mortelle... Regarde, jette les yeux sur cette terre que j'aimais, sur cette portion chérie de mon héritage.... Vois quel déluge de forfaits et de maux elle y a entraînés après elle... Qui est-ce qui a propagé ces doctrines pernicieuses; ces maximes détestables qui retentissent maintenant d'une extrémité de la France à l'autre? Quelle main meurtrière a préparé ces poisons de la corruption et de la mort, les a renfermés dans ces écrits impies, ces ouvrages licencieux et pervers? N'est-ce pas la main de l'impiété? Où est maintenant la vérité, la charité, la science de mon nom? *Non est veritas, non est misericordia, non est scientia Domini....* Mon nom? il est méconnu. Mes lois? elles sont foulées aux pieds. Ma religion? elle est renversée, et l'impiété s'est assise sur ses ruines; aussi, le blasphême et le parjure ont-ils inondé la terre; l'homicide, le larcin, l'adultère se sont répandus comme un torrent : *Maledictum et mendacium et homicidium et furtum et adulterium inundaverunt.* Et depuis le

sanctuaire où l'impiété a égorgé mes pontifes,
depuis l'échafaud où elle a traîné son Roi, jusqu'au lit funèbre où je vois sa dernière victime,
le crime s'est joint au crime, et le sang a touché le sang : *et sanguis sanguinem tetigit.*
(Os., 4, 2.)

Peuple français, peuple généreux et sensible, ah ! ce n'est pas vous que le Seigneur
accuse ; non, votre cœur est toujours resté le
même ; et jamais peut-être votre indignation
pour le crime, votre amour pour votre Roi et
son auguste famille n'avait plus hautement
éclaté que dans le cours de cette fatale journée.
Qui n'a pas vu vos larmes ? Qui n'a pas entendu vos sanglots ? Les guerriers frémissaient
de colère ; les vieillards se plaignaient d'avoir
trop vécu..... A la vue de ce corps sanglant et
inanimé, les mères, le montrant à leurs enfans, disaient : « Pleurez, pleurez, mon fils...
« nous avons encore des Princes... mais vous,
« aurez-vous ce bonheur ?... »

Ah ! qui le Seigneur accuse, chrétiens ? On
ne saurait assez le redire, c'est cette malheureuse impiété qui semble vouloir s'enraciner
au milieu de nous, qui s'attache au cœur de la
France, qui la ronge, qui la dévore ; c'est elle,
oui, c'est elle qui a aiguisé le poignard ; c'est

elle qui nous a tous frappés ; et dans notre malheur, ô mon Dieu ! nous avons du moins des grâces à vous rendre de ce que cette irréconciliable ennemie des trônes et des autels vient de se décéler elle-même ; car jamais, disons-le, son secret ne lui est plus clairement échappé que dans ce moment terrible où, tout couvert encore du sang de sa victime, le malheureux qui l'a frappée, menacé à la fois de la justice des hommes et des vengeances célestes, a déclaré avec une insensibilité brutale, qu'il ne craignait pas la mort, et qu'il ne croyait pas en Dieu.... O parole pleine d'une effrayante profondeur, et qui ne sera jamais assez méditée ! Parce qu'il ne croit pas en Dieu, il est l'ennemi juré de ses Rois ; de ses Rois, la plus noble image de la Divinité sur terre.... Il est l'ennemi des peuples, sur lesquels il ne craint pas d'attirer les plus effroyables calamités ; il est l'ennemi des pauvres, des orphelins, des vieillards, des infirmes ; il ne croit pas en Dieu ! Pères et mères, tremblez ! si ces principes affreux sont dans votre famille ; tremblez ! non plus seulement pour votre bonheur, mais pour votre sûreté, mais pour vos jours. Riches du monde, tremblez ! vous êtes à la discrétion d'un bras homicide. Magistrats, tremblez ! c'est en vain que l'autorité royale est dans vos mains ; elle est nulle pour un homme qui ne croit pas en Dieu. Eh ! que ne puis-je de ma voix percer cette enceinte ! la faire entendre jusqu'aux extrémités de la terre ! et s'il m'est encore moins permis qu'à Bossuet de faire des leçons aux Rois sur des évènemens si étranges *, emprunter avec lui les paroles d'un sage qui fut Roi comme eux, et leur dire : *Et nunc Reges intelligite, erudimini qui judicatis terram.* (*Ps.* 2 , 10.) Oui ; grands de la terre, arbitres du monde, instruisez-vous, et comprenez que si , dans vos Etats, il est des hommes qui ne croient pas en Dieu, én vain vous redoublez de vigilance, en vain vous multipliez vos gardes, l'impiété saura se faire un jour encore, et justifier nos alarmes par de nouvelles atrocités.

Ah ! si ce malheureux avait cru en Dieu, vertueux Prince , vous feriez encore nos délices ; Princesse auguste et infortunée, vous ne répandriez pas aujourd'hui tant de larmes.... Hélas ! accourue des bords lointains vers cette patrie que vous aviez adoptée, vous arrachant des bras d'un père , d'une mère éplorée, pour venir partager les destinées de la France, vous

---

* Boss., Or. fun. de la reine d'Angleterre.

n'avez trouvé, sur cette terre de douleurs, qu'un poignard sanglant et des vêtemens de deuil.... Heureux du moins, ô mon Dieu ! si les pleurs et les vertus de cette illustre veuve ont désarmé votre juste colère ! heureux si l'espoir tardif de la France qu'elle porte en ce moment dans son sein, si ce cher et douloureux gage d'une tendresse qu'elle ne retrouvera plus que dans le ciel, échappé aux malheurs cruels de sa naissance, béni de vos mains paternelles, vient encore prolonger cette race auguste et chérie, et comme l'aurore, après une nuit orageuse, faire briller, au milieu de tant de larmes, un rayon d'espérance et de bonheur !

Religion sainte ! cette espérance est encore un de tes bienfaits ; et tandis qu'autour de sa malheureuse victime l'impiété sème les pleurs, la souffrance et la mort, tu viens, bienfaisante comme le Dieu qui t'envoie, verser le baume de tes consolations sur cette cruelle blessure.

DEUXIÈME PARTIE.

Il faut l'avouer, Messieurs, la religion doit beaucoup à l'illustre famille de saint Louis ; cette foi que nos religieux Princes ont toujours conservée pure, le zélé qu'ils ont fait paraître à l'étendre, les ordonnances qu'ils ont portées, les exemples de vertu qu'ils ont donnés dans tous les temps, ont été autant de puissans moyens pour l'affermir en France, et lui gagner tous les cœurs. Mais il est juste de reconnaître aussi que la religion le leur a rendu au centuple ; et depuis cette couronne céleste qu'elle a mise sur la tête de saint Louis, depuis ce Roi-martyr qu'elle a reçu dans ses bras en lui disant : *Montez au ciel*, jusqu'à ce Prince aimable que nous pleurons aujourd'hui, par combien de grâces et de faveurs n'a-t-elle pas payé leur généreuse alliance ?

Et pour ne parler ici que de ce petit nombre d'heures qui à elles seules valent une vie toute entière, j'aperçois d'abord une grâce qui renferme toutes les autres, une grâce que je devrais peut-être appeler un miracle, car vous le savez, Messieurs, et l'unanime opinion des plus savans maîtres nous autorise à le dire, le Prince, après cet effroyable coup, ne pouvait conserver quelques instans de vie sans que les lois de la nature ne parussent manifestement suspendues. Quelle main puissante a donc opéré cette merveille ? quelle voix a pu fléchir le cœur de Dieu, et obtenir pour le Prince, comme pour nous, cet important délai de quelques heures, si précieux pour son salut, si nécessaire pour notre instruction ? Ah! Messieurs, cette voix c'est celle de la Religion, c'est celle de l'aumône, de l'aumône, qui fut toujours si chère à son cœur; oui, c'est la voix de ces infortunés, de ces pauvres de toutes les classes, de ces vieillards, de ces enfans, de ces veuves désolées qui le suivaient en gémissant à sa demeure dernière, qui se frappaient la poitrine, qui disaient en pleurant : Nous n'avons plus de père. Hélas! vous le savez, Messieurs, le matin même de ce jour fatal, au moment où, bien loin de prévoir le coup qui l'attendait, l'image riante des plaisirs s'offrait à sa pensée, le souvenir de ses pauvres se présente à son cœur : « Il faut que les pauvres vivent, » disait-il; et ce besoin des pauvres lui était tellement présent, que quelques heures après encore, un instant avant de quitter ce palais qu'il ne devait plus revoir, il donne des ordres pour que 5oo francs soient portés à une famille malheureuse... En vain lui représente-t-on que l'épargne est vide, que ses libéralités l'ont épuisée : « Donnez toujours, dit-il en « souriant, donnez, demain je serai plus riche, « cela porte bonheur. » Généreux Prince! ah! vous disiez vrai, plus vrai que vous ne le pensiez encore. Oui, l'aumône vous *portait bon-heur;* elle résistait à vos fautes : *Eleëmosyna resistit peccatis.* (Ecclé. 3.) La voix des pau-vres montait pour vous au ciel, et vous obte-nait ce délai, que la religion seule explique, et dont elle vous faisait faire alors un si saint et si noble usage.

Quoi de plus noble en effet que ce pardon à jamais mémorable, le premier sentiment de son cœur après qu'il eût été frappé? pardon qui fut sa première parole et sa dernière prière! Lui, si bouillant, si impétueux, et qui, l'épée à la main, sur un champ de bataille, eût été si terrible... il se hâte de dire qu'il pardonne.... et cependant quelle lâche et odieuse perfidie! au moment où, sans gardes, sans défiance, il se livrait pour ainsi dire à la foi de tout ce qui était français... Et il pardonne! quelle hor-rible blessure! Je me hâte de la couvrir d'un voile et de vous en épargner la vue. Quel spec-tacle il a sous les yeux! spectacle plus dou-loureux encore pour lui que ses propres dou-leurs! Il va tomber, il chancelle; il faut qu'une jeune épouse, qu'il laissait heureuse il n'y a qu'un instant, s'élance pour le soutenir et le reçoive dans ses bras... Et il pardonne! Il sait qu'il va mourir, il le sent : la pointe du poignard a pénétré jusqu'à son cœur... mais ce cœur est le cœur d'un Bourbon... c'est le cœur d'un chrétien... Et il pardonne... O foi! admirable foi, que le Prince portait si avant dans son cœur, que tu es grande et noble! combien tu élèves l'homme au-dessus de lui-même, et quel intervalle immense tu mets entre le héros mourant de l'ancienne Rome, qui meurt aussi victime de la perfidie, et laisse à ses amis en pleurs le soin de venger sa mort, et le héros chrétien que nous pleurons aujourd'hui, qui ne voit dans son meurtrier que l'*homme*, et semble ne désirer encore un peu de vie que pour mieux assurer son pardon!

Ah! je ne m'étonne plus, Messieurs, que la faulx de la mort reste si long-temps suspendue : l'aumône et la miséricorde la retiennent. Non, semblent-elles lui dire, tu ne frapperas pas ; tu attendras que les promesses du Seigneur se vérifient ; et, puisqu'il agit en chrétien il faut qu'il meure en juste : *moriatur.... morte justorum.*

Aussi les trésors de la religion lui sont-ils ouverts. Cette foi vive qu'il avait toujours eue au fond du cœur, et qui s'était ranimée avec plus d'éclat que jamais, sa foi les lui avait fait

désirer, et le vénérable prélat * dépositaire de
ses plus intimes pensées est à ses côtés... Ah!
ce serait à lui à nous dire, si l'inviolable sain-
teté de son ministère pouvait le lui permettre,
quels sentimens chrétiens exprimait cette belle
âme, quelle noble candeur était dans ses aveux,
quelle sincérité dans son repentir..... Venez,
venez, vous dont l'œil était si pénétrant pour
découvrir des taches dans le cours d'une si belle
vie; venez, et tombez à ses pieds sans mourir,
s'il se peut, de honte et de douleur : il vous les
accuse ses fautes; il les qualifie de péchés, de
scandales... Il vous en demande pardon... Prince
chéri! ah! c'est bien plutôt à nous, c'est à toute la
France à vous demander pardon; à la France,
qui n'a bien connu le riche trésor qu'elle pos-
sédait, que quand elle a été menacée de le
perdre; à la France, qui a entendu retentir au
milieu d'elle ces maximes détestables qui vous
ôtent la vie; à la France, qui a eu le malheur
de nourir dans son sein un infâme parricide;
à la France, objet habituel de vos pensées, et
dont les malheurs vous occuperont jusqu'au
dernier soupir !

Cependant les heures s'écoulent. Grandeurs,

---

* Mgr. l'évêque d'Amyclée.

plaisirs, richesses, éclat de la gloire et du monde, tout pâlissait, tout allait disparaître aux yeux du Prince mourant. Le sacrifice en était fait, et sans doute il lui coûta peu. Mais il en était d'autres, et bien plus pénibles. Oh! qui dira quels combats, quels violens orages la nature dut élever dans son cœur!

Et cette jeune épouse, pâle et ensanglantée, qui, surmontant ses propres douleurs pour ne s'occuper que d'un époux mourant, le sert et le soutient de ses mains défaillantes; et cette auguste enfant, qui ne peut sentir encore tout ce qu'elle perd, et présente son front innocent à sa bénédiction dernière; et ce père, ce frère à genoux, qui pressent ses mains de leurs lèvres, et les baignent de larmes, qui demandent sa vie au Dieu de miséricorde, et se flattent peut-être de l'obtenir; et cette héroïque Princesse, plus grande encore que ses malheurs, qui lève les yeux au ciel, et demande à son père de recevoir dans ses bras celui qui souffre et meurt, après avoir pardonné comme lui; et parce qu'il ne devait rien manquer à ce tableau de la douleur, son Roi viendra dans quelques instans; son Roi, qui est aussi son père, et dont la grande âme, toute faite qu'elle est aux grandes épreuves, à la vue de ce fils mourant, et qui demande grâce, ne peut se défendre de l'émotion la plus vive, mêlée d'admiration, d'attendrissement et d'horreur...... Quelle scène déchirante, chrétiens! quelle vue pour ce malheureux Prince, dont le cœur est si tendre, si aimant, si sensible... Et cependant, ô pouvoir de la religion! ô grandeur d'une âme véritablement chrétienne! seul calme et ferme au milieu de cette famille désolée, supérieur aux sentimens de la nature, comme aux angoisses de la douleur, le Prince mourant les encourage, les soutient, les console, bénit, et leur fait bénir cette adorable Providence qui tire le bien du mal même, et en échange d'une couronne fragile dont l'espoir lui est enlevé, va mettre sur son front la couronne de l'immortalité.

Déjà il en reçoit le gage, Messieurs : le Dieu qui visite les mourans sur le lit de la douleur, vient le fortifier de sa présence... Ah! sa tendre piété eût désiré davantage; il eût voulu recevoir dans le sacrement de son amour, celui que bientôt il allait voir dans le ciel... Consolation précieuse, mais que les accidens de la blessure lui rendent impossible. Du moins il s'incline avec respect, il prie, il adore; du moins l'onction sainte vient le fortifier pour lès derniers combats ; du moins il saisit avec empressement cette image qui lui est présentée d'un dieu mort pour nous sur la croix ; il l'approche avec ardeur de ses lèvres, il dépose à ses pieds le plus grand de tous les sacrifices.

Généreux Prince ! ah ! nous vous aurions admiré sur un champ de bataille, à l'exemple du grand Henri, couvert de sang et de poussière, ardent à la poursuite dès ennemis rompus et plians de toutes parts.... Vous-même, dans un premier mouvement de cette humeur guerrière, vous sembliez regretter de n'être pas mort les armes à la main, au service du Roi et de la Patrie... Mais qu'en ce moment vous avez bien d'autres pensées ! et que, sur ce lit de douleurs, tout rougi de votre sang, le crucifix entre les mains, la bouche collée sur ses blessures, vous êtes plus grand, plus admirable que vous ne l'eussiez été à la tête de vos braves, couronné des lauriers de la victoire ! M'abusai-je, Messieurs, et la grandeur de mon sujet me ferait-elle illusion ? Ah ! il me semble que s'il était permis d'établir quelque parallèle entre la victime royale qui souffre, et l'adorable victime immolée sur le calvaire ; entre un grand de la terre, quel qu'il soit, et celui qui, plus grand que tous les rois, est mort plus cruellement que pas un d'eux ; s'il nous était permis (avec la juste réserve de la foi) de saisir quelques-uns de ces traits de ressemblance que le Seigneur a paru vouloir mettre entre lui et la royale famille, nous en serions frappés d'étonnement, j'allais presque dire d'effroi. Comme lui, Prince magnanime, vous aviez passé en faisant du bien ; comme lui, vous avez été le père des orphelins et des pauvres, le consolateur des affligés ; comme lui, vous avez demandé grâce pour une main sacrilége ; comme lui, ayons le courage de le dire, et puisse cette vérité sévère porter une sainte tristesse dans le cœur de tous mes auditeurs ! peut-être que, comme lui, vous avez été frappé de Dieu, votre père, à cause des iniquités de son peuple, *propter scelus populi mei percussi eum.*

Mais Jésus-Christ était Dieu, Messieurs, il a voulu être frappé en Dieu ; et dans ce naufrage universel de tout ce qu'il a possédé sur la terre, de sa gloire, de sa réputation, de sa liberté, de sa vie, le cœur des hommes a été de pierre, le ciel même a paru de bronze. Son père l'a livré sans consolation, sans pitié aux soldats, aux bourreaux, aux Pharisiens, aux prin̄ces des prêtres, à toute une populace en furie... Pour vous, Prince bien-aimé, ah! en attendant qu'elle vous ouvre le ciel, la religion va vous prodiguer sur la terre ses grâces les plus touchantes; vous verrez autour de vous réunis, dans une commune douleur, tous les cœurs que vous aimez. De leurs mains vous recevrez les soins les plus empressés; de leur bouche les consolations les plus tendres. Tout un peuple, frappé, pour ainsi dire, du même coup, mêlera ses pleurs à ce sang auguste qui coule; ils le racheteraient, s'ils le pouvaient, de tout celui qui est dans leurs veines. Enfin, votre Roi consolera de sa présence vos derniers instans, il entendra les derniers vœux de votre cœur, il recevra vos derniers soupirs. Que dis-je? maître de sa douleur, il ira jusqu'à fermer, de ses mains augustes, les yeux de son fils, ces yeux qui ne s'ouvriront plus désormais qu'à la brillante lumière de l'éternité.

Il n'est donc plus, Messieurs, le petit-fils du grand Henri! il n'est donc plus, ce Prince si bon, si noble, si vaillant, si généreux... il n'est plus....... et ce n'est point à la tête des armées qu'il a péri, au champ de l'honneur et de la gloire... Non, c'est dans l'ombre, au sein des plus épaisses ténèbres, sous les détestables coups de l'irréligion et de l'impiété! Je sens que votre courage s'en irrite; cette valeureuse épée s'indigne d'être restée oisive, au moment où tombait un Bourbon lâchement et cruellement assassiné!... Mais, Messieurs, si vous n'avez pu prévenir cette mort funeste, si la généreuse victime elle-même vous défend de la venger, ah! vous pouvez bien plus pour consoler sa grande âme. Modèle de fidélité, d'honneur et de bravoure, le Prince que nous pleurons est aujourd'hui plus encore, il est modèle de religion, de foi, d'une grandeur d'âme toute chrétienne. Vous qui, de si près, suiviez ses pas à la gloire, ne le suivrez-vous pas ici encore, Messieurs? et ces nobles chevaliers de Saint-Louis qu'il regardait avec raison comme les plus dévoués serviteurs de son Roi, ne les regardera-t-il pas aussi comme les plus fidèles enfans de son Dieu? Ah! n'en doutez pas; si dans ces douloureux et derniers momens qu'il lui fut permis de passer encore sur la terre, il avait pu vous réunir tous autour de sa personne sacrée, porter sur chacun de vous ses derniers regards, présenter à vos lèvres cette main royale, gage dernier de sa bienveillance et de son estime, sans doute il vous eût dit : « Je meurs, je suis

« enlevé à mon Roi, à mon père, à mon épouse,
« à ma fille, à tout ce qui m'était cher sur la
« terre; mais je meurs dans les bras de mon
« Dieu, et cette destinée est trop belle pour
« que je sois tenté de m'en plaindre....... Je
« meurs!....... Je vais revoir au ciel, où j'es-
« père monter dans quelques instans, ces saints
« rois, mes aïeux, qui ont aimé la religion, qui
« l'ont appuyée de leur autorité, et soutenue
« de leurs armes. Je vais porter au Roi-martyr
« la demande de son auguste fille; j'espère
« prier avec lui et tous les Bourbons du ciel,
« pour les Bourbons que je laisse sur la terre,
« pour mon Roi, pour sa famille désolée, pour
« vous, pour vos enfans, qui sont les miens,
« pour cette chère et *malheureuse France!*
« Ah! ne dois-je pas espérer que, dans ce
« beau ciel, je vous reverrai tous un jour?
« Une insurmontable barrière séparerait-elle
« des cœurs si bien faits pour s'aimer?... Che-
« valiers français! chevaliers chrétiens! je vous
« attends au ciel; promettez-moi sur cette
« épée, sur cette croix, sur ce cœur que je
« connais si loyal, promettez-moi de venir
« m'y rejoindre, promettez-moi que notre
« sainte religion sera toujours votre consola-
« tion, votre amie, votre mère; que vous en

« chercherez de lumière qu'à ses clartés, d'ins-
« truction qu'à sa céleste école, d'appui que
« sous sainte-égide, et qu'après l'avoir hono-
« norée, aimée, pratiquée, servie, vous vous
« endormirez comme moi dans ses bras, pour
« monter à l'immortalité..... »

Paris, ce 22 mars.

L'Association paternelle des chevaliers de l'Ordre royal et militaire de Saint-Louis, a fait célébrer aujourd'hui, à Saint-Roch, un service solennel pour le repos de l'âme de S. A. R. Mgr. le duc de Berri, son président suprême.

On distinguait à cette pieuse et triste cérémonie, un grand nombre de grand'croix, commandeurs et chevaliers de Saint-Louis, de la Légion d'honneur, et autres Ordres français et étrangers, de maréchaux de France, lieutenans-généraux, maréchaux-de-camp, officiers de tous grades et de toutes armes.

Cette imposante réunion de la douleur et des regrets aux pieds des autels, a été un véritable hommage rendu par l'armée entière, à la mémoire du Prince magnanime, modèle de ses sentimens d'honneur et de fidélité.

La cérémonie a été terminée par une quête faite par M. le curé de Saint-Roch, pour l'église et les pauvres de sa paroisse. (*Extrait du Moniteur du 23 mars.*)

FIN.

www.ingramcontent.com/pod-product-compliance
Ingram Content Group UK Ltd.
Pitfield, Milton Keynes, MK11 3LW, UK
UKHW021023120726
13693UKWH00005B/2158